청어詩人選 167

내가 웃는 동안

유영희 시집

청어

내가 웃는 동안

유영희 시집

차례

2부

3부

4부

나에게 하는 선물이 될 것 같다. 계절과 순서가 정리되지 못한 일상을, 내가 밟고 지난 순간들과 스친 사람들에 대한 기억을 간직할 수 있으니……

어머니가 아직 글을 읽을 수 있어서 좋다.

1부

경칩

개구리 울음 지천이던
고향 집 앞 논두렁
아지랑이 녹아내린 구멍사이엔
서른 해도 훨씬 전 묻어둔 봄이
해마다 자라고 있다

가난한 농부의 지게가
흙냄새를 풀어내는 동안
캄캄한 어머니 자궁 속
조그맣게 말아 오므린 꽃잎은
몇 번을 피고 졌을 것인데

여기 아파트 숲에 밀려
집터 잃은 개구리
울음도 잊었는지 봄밤이 고요하다

모두 어디로 갔을까
아예 눈뜨지 않는 땅속벌레처럼
낯선 모서리 몰래 숨어
잘려진 울음 기워 가는지
초저녁 틈 빠져나온 삼월 초엿새 날

외갓집 감나무

가파른 보릿고개 훑고 지난
내 어린 시절
외갓집 뒤란에는
대낮에도 별이 떴다

가난이 계절보다 앞서
빗장을 따던 날
젖이 궁색한 어머니는
할머니 품에 나를 맡기고

산 그림자 서산에 걸릴 때마다
그렁그렁한 내 눈물 보았는지
바람은 무시로 허한 속 채웠다

어두운 새벽
채 깨지 않은 꿈길을
휘휘 갈아엎는 쟁기 날처럼
흐린 기억 밝히며 따라붙는 아픔

할머니 하늘 길에도
주홍빛 별이 가득 떴다

봄, 또 만나다

가장 먼저 꽃잎을 여는
금촌 전화국 모퉁이 백목련
올해도 어김없이 봄을 매달고 섰다

어둠에서 빛으로 넘어오는
혼돈의 미로
도시는 아직 잠을 깨지 않았다

겨우내 잉태된 물의 독경소리
얼었다 풀기를 반복하더니
아직 찬 햇살에도 몸이 만삭이다

회색빛 바람 움켜 지난 자리마다
터질 것 같은 꽃의 생혈
복사뼈까지 숭숭 뚫린 골다공증 안고
온몸으로 밀어 올린 것들

오늘은 신문 사회면이 환하겠다

컷

감독의 주문대로 어둠이 걸어 나온다
배우는 비바람에 몸을 맡기고도 흐트러짐이 없다
마지막이 가까울수록 절정으로 치닫는 독백

그의 대사는 고요하고 은밀하다
흔한 목발이나 재활도 거부한 채
오늘이 버린 생의 상처를 열연하고 있다

오전 내내 들리던 사다리차 소리 멎은 후
신발도 신지 않은 의자가 가을비를 맞고 있다

절망을 내려놓는 방법이 저러했을까
연기가 필사적이다

어제는 거실에서 거드름을 피웠을 의자
풍채 좋은 그늘이 면적을 넓히는 동안
안락을 떠받치느라 무릎뼈는 자주 삐걱거렸을 것이다

평생 누군가를 기다리며 살았던 날들은
네 개였던 다리를 기어이 불구로 만들었다

살아있다는 건 무엇이라도 잡고 기대어서는 일

관객마저 모두 돌아간 아파트 마당 한쪽
컷을 기다리는 배우 하나 구겨져있다

입춘

며칠째 소식이 없다

곧 온다던 그는
무소식이 희소식이란 말만 남기고
연락을 끊었다

비워뒀던 평창집이 얼어 붙었다
쥐똥나무가 눈 속에 갇혔다

마음만 푸른 들과 독대중이다

먼지 귀신

먼지가 있다
봄 여행 차 들른 비양도 등대위에도
오름을 마구잡이로 파헤친 염소의 귓바퀴에도
먼지가 있다

은빛모래 반짝이는 협재 해변에도
사려니 숲길을 걷고 들어와 누운 휴양림 202호
빳빳한 이불깃에도 먼지가 있다

미세먼지라고 했다가 초미세먼지라고 했다가
국산이라고 했다가 중국산이라고 했다가
혈통도 족보도 분명치 않은 먼지, 먼지들

어디서부터 묻혀온 것인지
입과 코를 막아도 온몸 덕지덕지 붙어있는 너는
오늘 아침에 나보다 먼저 문을 열고 나가는 너는

바람 불면 잠간 사라졌다가
비 내리면 납작 엎드렸다가

개망초

한여름 슬며시 남의 땅에 발 디딘 개망초
그날로 양씨도 두 팔을 걷어붙였다
둘러보면 서로 만만치 않은 상대
개망초가 뜨거운 태양에 맞서 몸을 늘리는 동안
부지런한 양씨 호미도 자주 몸살이 났다
언젠가 막내 딸 산후조리 하러 간 사이
아주 편히 잠든 사람들처럼
하얀 꽃 이불 가득 덮고 있던 그의 텃밭
평생 딱 한번, 그때 빼고는
양씨가 거의 이긴 싸움이었는데
어깨 수술하고 요양병원 들어간 지 두해
개망초는 올여름 또 터전을 넓히는 중이다
주인 잃은 텃밭은 꽃밭이 되었다
요양병원 양씨의 하얀 홑이불 같은

자유로 억새

가을비 내린 새벽
자유로 한 귀퉁이

언제부터 와 있었을까
빈 하늘에도 쓰러질 듯
깃털처럼 마른 몸

두고 온 북쪽 고향
철조망 바라보다
속이 빈 어머니

지하도 그 남자

발목을 보고 알았다
누군가 주저앉힌 이곳에서 그는
날마다 벗어나는 연습을 하고 있었던 것 같다
아무리 둥글게 말아도
다 들어가지 못한 신문지 밖으로
심하게 꺾인 발목 하나
가문 논처럼 갈라진 발뒤꿈치를 보고 알았다

도시의 어느 골목을 맴돌다
칼바람에 추락한 서울역 지하
직립보행은 더 이상 필요하지 않았을 것이다

그의 잠은 깊고 길어서
참나무 가지 끝에 매달린 애벌레 같다
가만히 달라붙어 죽은 듯 견디는 하루
꽃이 되지못한 꿈 내려와 뿌리내린
오래전 언어마저 밀봉한 부동의 자세
밝은 조명을 켜 놓았지만
아무도 서로의 얼굴을 쳐다보지 않는다

그는 얼마나 세상 밖으로 발목을 내밀고 싶었을까
하루를 밀어 올리느라 기진한 숨소리가
신문지를 조용히 끌어 덮는 오후
발목이 시리다

팔월 담쟁이

오르지 말아야 할 곳을 오르느라
허공을 내딛는 뒤꿈치가 자꾸만 흔들렸다
통학로를 사이에 두고
벌써 두 달째 대치중인 아파트 주민들
시청 공무원이 다녀간 후
현수막은 보란 듯 이곳저곳에 나붙었다
폭염으로 붉어진 여름 끝자락
포크레인 한 대 먼지 날리며 지나간다
무성했던 뿌리들이 힘 한번 못쓰고 쓰러진다
지난겨울 슬그머니 물러났다
올 봄 다시 그늘을 만들던 담쟁이,
한뎃잠 자면서도
서로 언 발 매만지며 버티던 담쟁이가
익숙한 길에서 발목을 잃었다
주민들의 언성이 흙먼지처럼 떠간다
삶과 죽음의 거리는
통학로보다 얼마나 짧은 거리던가
발목이 잘린 줄도 모르고
여전히 허공을 기어오르는 담쟁이
팔월의 문턱을 넘지 못해
더 이상 탯줄로 자라지 못하는 여름 한낮

잔인한 계절

비닐하우스에서 일하던 노부부가
열사병으로 사망했다는 그날
기온은 연일
전력소모량을 갈아 치우고 있었다

학교 도서관 구석진 자리
어깨를 들썩이며
재채기를 하고 있는 남자
에어컨 바람에 감기를 앓는데

계절은 어느 공터를 배회하다
이리 어정쩡한 저녁을 누이는 걸까
꼭지 떨어진 장미넝쿨 속으로
식지 않은 태양 곤두박질하고 있다

집을 짓다

까마득한 공중에 새집 하나 걸려있다
다물어지지 않는 구멍을 채우느라
붉은 물감 같은 노을이 잠간 지나갔다
나무는 언제부터 저 자리에 있었을까
메마른 나무에 피를 돌리듯
찬바람이 간간이 집을 흔들어댄다
결빙된 날들은 계속되었다

지난겨울에도 새들이 집을 지었다
이마에 붉은 띠를 두르고
까마득하게 솟은 철탑에 매달려
칼바람에 종일 흔들거렸다
연신 터지는 확성기가
서로의 가슴에 구멍을 뚫었다
찬바람 막기에 깃발은 너무 얇았다

새들은 흔들리는 것에 익숙해졌는지
처음부터 거기 있었던 것 같다
날이 저문다
칼바람을 피해 내려왔던 철탑처럼

어둠은 딱 그만큼의 중심으로 서 있다
저문 집에 바람이 든다
새의 부리가 더 단단해진다

넝쿨 장미

가로수 옆 도로 난간
녹슨 철재 울타리
재잘재잘 붉은 뺨으로
흘러내리는 유월
오가며 가끔씩 건넨 눈길
그 마음에 닿았는지
버려진 흙더미 끌어안고
꽃비가 내린다

사랑이란 이름으로 다가와
쉽게 등 돌리던 날
쉼표처럼 떨어져 박히던
붉은 눈시울
해마다 이맘때면
울타리 끝에 매달려
미안해 바르르 떨다 콕,
명치를 겨냥하는 저 가시

봉숭아

철지난 바닷가에서 헤어진 사랑을
올해 우리 집 담장 밑에서 만났습니다

스무 살 적 밤기차 타고
홀연히 떠났던 옛 사람처럼
수줍은 얼굴에 진분홍 색칠한 채
태풍이 훑고 간 땡볕 잡목들 사이
힘들게 버티고 선 대궁 한그루

모른 척 지나칠 수 없어
파초 같은 이야기 칭칭 동여맨 밤
내 열 손가락에 붉은 꽃 피었습니다

겨울에 서서

한 계절 돌아앉은
은빛 풀섶 사이 홀로 선 나목은
푸른 날과 뜨거운 여름을
기억하지 못한다

숨 가쁘게 달려와
씨앗 심고 꽃 피우던
화려한 날 뒤로
서리꽃 찬바람에 햇살을 털고

마른살갗 비비며
아침을 기다리는 허기진 숨소리
봉긋한 살 풀어낼 날은
아직도 먼데

분갈이를 하다

겨울 벗은 화분들
콸콸 쏟아내던 수액 뚝 끊겨
차가운 유골단지 되었다
조여드는 온몸 훑어 내리며
묵은 흙 게워낸다

잦은 이사 마다않고
짐짝처럼 동행한 인연
베란다 구석 머리 박은 채
시를 따라 읽거나
내 일상 힐끔거리거나
순서 없이 떨어지는 꽃잎
부여안고 뒹굴거나

허공에 뻗지 못한 뿌리
죽어서도 화분을 잡고 있다
한 점 미련 없이
홀홀 털면 그만인데
그래, 그게 사랑이었구나

11월의 비

간밤, 내 창을 두드리다
옥상 환풍기에 머리 처박고 울던 사내는
놀이터 은행나무 아래 겉옷을 벗어놓고 떠났다
샛노랗게 정지되어 있는 새벽
나뭇가지가 방금 발라놓은 생선뼈 같다
새들도 사내를 따라 갔을까
축축하게 드러난 빈 둥지 뿐
낙엽은 땅바닥에 붙어 온몸으로 저항하는지
아파트관리인은 연신 헛 비질만 하고 있다
가을비 내려 단풍잎 낭자한 거리
사내는 다른 집 창을 두드리러 떠났고
관리인이 홀로 어둠을 쓸어낸다
아침이 모여들고 있다

내가 웃는 동안

용문행 열차가 방금 떠난 야당역 선로
아침 햇살에 반짝하는 살얼음이

한 여름 지문처럼 남아있는 굴참나무 가지 끝
울음 선명한 매미의 상흔이

늦가을 따서 빈방에 넣어둔 늙은 호박
홀로 적막에 드느라 죄다 쏟아낸 노란 속살이

옥탑 방 길고양이가 뒤집어 쓴 검은 비닐 속
어둡고 불쾌한 끈적거림이

어머니 뼈마디에서 들리던 짐승 우는 소리
한참 지나 철이 들고서야 알게 된 고독이

지나갔다, 지나가고 있다

내가 웃는 동안
우리가 웃는 동안

겨울나무

새 도로 만드느라 옮겨 심은 자작나무
온종일 마을 어귀 지키고 섰더니만
겨울은 아직도 먼데
겨울나무 되었다

키우던 울 아버지 하늘 길 가던 날도
지독한 폭풍 한설 무던히 견디더니
살던 곳 빼앗긴 설움
죽음보다 깊을까

한해를 보내며

제야의 종소리에 맞춰 거실 전등도 어둠속으로 숨었다 밖에서
기회를 노리던 검은 빛들이 일제히 달려들어 미처 제 방으로 들
어가지 못한 아이의 등에 찰싹 붙는다 날카로운 유리를 통과하
고도 피 한 방울 없이 소파를 차지한 어둠은 침대에 고꾸라진
아이가 몇 번 몸을 뒤집는 동안에도 스위치 표시등만 쏘아대고
있었다 밀어내는 것과 밀려나가는 것 사이에서 주눅 든 채 서
있는 푸른 불빛

승패는 이미 갈렸다
오늘밤에는 누군가 떠나는 어둠을 안아주었으면 좋겠다
마지막 시간이 따뜻했다고
어둠 떠난 새날이 포근하다고
그렇게 말하는 것을 들었으면 좋겠다

2부

이를 뽑다

좀 전까지도 아무렇지 않던 이가
들이댄 거짓말 탐지기에 쏙 뽑혀 나왔다
변명할 틈 없던 입이 벙어리장갑처럼 불룩해졌다
사랑이란 이름으로 사랑 한번 하지 못한 죄
결백을 주장하기엔 너무 늦었다

내 몸에 싱크 홀 하나 생겼다
뿌리 뽑힌 나무의 구덩이
이장을 한 구멍 같기도 하고
숭숭 뚫린 골다공 같기도 하다

실뿌리 끝에서 뽑아 올린 수액이 말라가는 동안
함박눈 내리던 정월 초닷새
훌쩍 떠난 아버지가 욱신거린다

부식된 뿌리를 감추고 살았을 아버지
탐지기를 들이대기도 전 쓰러져버린 고사목은
빠르게 허물어지는 어둠처럼 깎여나갔다
마취 풀리자 통증으로 피어나는 구멍
무너진 한쪽 언저리를 끝내 실토할 수 없다

오늘은

한 달도 못살고 이혼한 자식 때문에
속을 앓던 재덕 아저씨
급기야 벼락 맞은 고목처럼 쓰러져
구급차에 실려 간 날

마흔 넘긴 직장 후배가
여섯 살이나 어린 남자와 결혼한다는
청첩이 카톡으로 전송된 날

주차금지구역에서 찍힌 아이의 자동차가
범칙금 용지 달고 날아온 날

며칠 전 여행에서 묻혀온 대부도 모래가
아직 현관에서 푸른 호수처럼 반짝이는 날

엄마 모시고 간 정형외과에서
예약시간이 한 시간이나 지났다며 항의하는
어떤 남자를 도와주고 싶은 날

대상포진

홀로계신 어머니
해마다 거친 밭고랑 일궈 고구마 심으셨다
몇 천원이면 먹고 싶을 때
사 먹을 수 있다 말려도
자식들에게 나눠주고 싶은 마음
막을 길 없었는데

뒤 쫓아 오던 계절
힘에 부쳤는지 불화산처럼 숨어있던 불씨
더럭 피워내고 말았다
온 몸을 할퀴고 간 원초적 통증에
한순간 누워버린 어머니
밭고랑 고구마도 따라 누웠다

핑계 1

복학하는 아이의 짐을
원룸에 던져놓고 나니
선뜻 발길이 떨어지지 않더라
이제 막 입학하는 신입생도 아니고
군복무까지 마친 성인이라는 거
머리로는 알겠는데
우수 앞둔 얇은 창이 자꾸 마음에 걸리더라
늦게 출발해야 차가 덜 막힌다고
늦장 부리며 서 있는데
못이기는 척 차에 오르는 아이
사실 놓고 온 게 있었다고

핑계 2

그 놈의 신발장수는 또 죽었다네

어릴 적 새 운동화 사 온다며
장에 가신 아버진 늘 빈손이었다

내 발에 맞는 신발 문수
훑고 또 훑으셨을 그 눈은

몇 번이나
허공에 부딪혀 튕겨나갔을까

참 모를 일이었다
신발 장수는 왜 그리도 명이 짧은지

불면의 밤

그는 오늘밤 낙타가 되었나보다
뜨거운 사막 한가운데
쌍 혹처럼 굽은 무릎을 꿇고
내가 버린 것 까지 모조리 짊어진

콧속에 쌓아 들인 모래먼지 뱉느라
초저녁부터 늘어진 목젖사이로
호흡을 파내는 남자

새로 장만한 아파트
내 명의로 바뀌던 날이 이랬는데
성화에 못 이긴 뭉칫돈을
내 등록금으로
부치고 온 날도 이랬었는데

툭, 꽃잎 떨어지는 소리 들린다
가만히 옆구리를 눌러 본다
움찔하다 다시 걸음을 재촉하는 밤
새벽이 느릿느릿 오고 있다

어머니의 후라이팬

느닷없이 떠난 아버님의 기일
후라이팬에 조기를 굽는다

굴곡진 날들이 서성일 때마다
한 움큼씩 패인 몸뚱어리는
절여진 생선하나도
쉽게 받아들이지 못했다

젊은 날 어부였다는 아버님
생전에 제대로 된 생선토막 하나
입에 넣지 못한 허기가
마지막까지 손사래를 치시는 걸까

가시는 길
딸려 보내지 못한 더께만큼
하얗게 부서지는 속살들
그 악다구니 같은 눈빛들

오래된 사진관

스마트폰 저장 공간을 점령해버린 사진들
몇 장 골라들고 사진관에 갑니다
익숙한 기억은 신도시 붐에도 꼼짝 않고
버티는 일방통행 길
등 굽은 사내를 떠 올립니다

무심코 지나치기를 두세 번 하고서야
꼬치집으로 둔갑된 걸 알았습니다
걸음마 서툰 펭귄처럼 멀뚱히 서서
흑백사진 속으로 사라졌을 이들을 불러봅니다

납작 엎드린 현대슈퍼엔 불이 꺼졌고
노처녀의 초원미용실도 오간데 없습니다
증명사진 찍느라 환하게 터지던 불빛은
어느 뒤안길로 접어들고 있는지

소멸이란 이리도 경쾌하게
많은걸 바꾸어 놓기도 하나 봅니다
고층 아파트에 가려
햇빛도 지나다니지 않는 골목은
두꺼운 겨울을 아직 벗지 못하고
막다른 바람에 긴소매만 연신 끌어 내립니다

한쪽 눈을 찡긋 감고 셔터를 누르던 사내
굽은 등만큼이나 바래갔을 필름들이
잠시 겹쳤다 사라지는데

무심한 왕벚나무 빈 가지로
봄 햇살만 꽃잎 되어 흐릅니다

밥 먹는 여자

아들의 결혼날짜를 잡아놓고
하루하루 세어가던 여자
요양병원 누워계신 어머니 위독하던 날
혼사와 겹치면 안 된다고
조금만 더 참아달라고
식음 전폐한 어머니 콧줄 끼웠다

결혼식 날은 점점 다가오는데
자꾸만 콧줄을 빼는 어머니
눈물 콧물 쏟으며 다시 콧줄 끼워놓고
서둘러 나와 밥 먹는 여자
어머니 양손 침대에 묶어놓고
허겁지겁 허기진 배 채우는 여자

암센터에서

큰아버지를 수술실에 밀어 넣은 지
네 시간째, 아무도 말이 없다
우린 서로 다른 곳을 바라보고 있었지만
시간은 홀씨처럼 날며 지나갔고
툭툭 불거진 벚나무도
아무데서나 바람을 만들었다
수시로 드나드는 앰블런스를 피해
아슬아슬하게 걷는 비둘기
자동차 밑으로 들어간 고양이도
좀처럼 나오지 않는다
여기저기 기웃거리던 나비 한 마리
문진할 대상을 찾았는지
아직 덜 여문 벚꽃에 오래 앉아있는 오후
그 여린 꽃대만 잠깐씩 몸서리를 친다
후두에 자리 잡은 알뿌리는
얼마나 단단하게 여물었을까
큰아버지의 깊은 잠이 느리게 지나간다
간간이 울던 새도 보이지 않는다
나비는 여전히 문진중이다

그루터기

심학산 둘레길 돌다 보았는데요
예리한 전기 톱날에 쓱 잘려나간 살갗이
복숭아 속살 같던데요
한 입 베어 먹으면 복숭아향이 날까요

그 과즙은 너무도 말랑말랑해서
산 까치나 휘파람새가 쪼아 먹기도 전에
주루룩 흘러내릴 것 같던데요

아, 그래서 동그란 둘레를 갖게 된 건가요

둘레는 돌고 돌아
처음 시작한곳으로 되돌아오던데요
결백을 증명하느라 창자를 뒤집은 살덩이는
어떻게 처음으로 돌아가나요

단단한 수피에서 튀어나온 톱밥 알갱이가
진한 송진냄새를 풍기던데요
죽어서야 보게 된 당신의 속마음을
봉분 처든 앞산이 오래 내려다보던데요

이 밤에

낮에 던진 남편의 말 한마디가
가시를 세우고 있는 밤
이리저리 돌아누워도 아프다

내가 무심코 세운 가시 때문에
잠 못 드는 이는 없을까
이 밤이 미안해서 또 아프다

된장을 담그다

생애 처음 된장을 담근다
된장은 메주가 가장 중요한 것이라고
중국산 메주는 절대 사면 안 된다고
쉼 없는 어머니의 목소리로 간을 맞춘다

레시피 하나 없다
언젠가 인터넷으로 보았던
소금물에 떠있어야 할 계란도 찾아볼 수가 없다
그냥 대충 이만큼, 이 정도로

대충이란 말은 얼마나 막연한 것인가
제 무게를 견디기 위해 항아리는
평생 땅에서 발을 떼지 못한다

어머니가 열어놓은 동쪽 볕으로
수많은 구멍들이
바람과 햇빛과 풍경들을 알맞게 받아들이며
발효의 순간을 기억하리라

짜지도 떫지도 않은 빛깔의 농도가
어머니의 정성으로 곱게 익어갈 것이다

꽃샘바람으로 봄비 흩날리는 날
항아리 속 빨간 고추가 태양보다 붉었다

독거

야당역 앞 마을버스 정류장
목줄에 묶여 꼼짝 못하는 자전거 하나
고독사하기 일보직전이다
북상중이라던 장맛비 거세게 내리는데
축축한 적막을 어찌 저리 견디고 있을까
전철이 와서 멎을 때마다
주인 냄새 맡는 충견처럼 킁킁대다가
빗방울 피해 뛰어가는 이들 바라보다가
촛농처럼 흘러내린 물의 뼈들이
어둠속으로 느리고 낮게 번져가는 밤
아버지 떠난 후 밭고랑에 묶인 어머니도
지나는 소나기를 매번 피하지 못했다
아버지가 맡기고 간 가난을 메우느라
어머니의 호미질은 더디고 길었다
무게를 견디지 못한 굽은 등 사이로
뚫고 나온 상처가 아픈 어머니
비 오는 날엔 통증이 더 심하다는데
장맛비는 하염없이 내리고
난 오지 않는 버스를 기다리고

하관

후두와 맞바꾼 목소리는
저들의 통곡에도 대답이 없다

고층아파트
난간에 매달린 낙엽처럼
위태롭고 조심스럽게

관이 내린다

먼저 누운 아버지 무덤 옆으로
허리도 펴지 못한 주검이
하직을 고한다

관을 심고 흙으로 덮는다
아버지에게 이웃이 생겼다

문화유공제동지묘 옆
문화유공제근지묘

남편의 구두

남편의 구두가 삐뚜름하다
조금씩 기울어가는 피사의 사탑인가
닳은 뒤축에서 바람소리 들린다
구두 속엔 길들이 빼곡히 숨어있다
나란히 벗어 놓았지만
똑바로 서 있지 못하는 구두
비굴과 치사를 견딘 삶의 질곡을 따라
발바닥이 부르트도록 달려왔을 저 구두
때론 걷어찬 돌부리에 절망도 있었으리라
아침마다 바짝 끈 조이던 의지가
맥없이 풀려나간 날도 있었으리라
가보지 않은 길은 얼마나 두려웠을까
각도는 머뭇거림에서 매번 휘었을 것이다
타인의 길을 내 것으로 읽어온 기울기는
한 밤에도 편히 쉬지 못한다
종종걸음 잠시 멈춘 어둠 속 현관
눕지도 못한 채 홀로 중심을 잡고 있는

들꽃

바람은 언제나 슬픈 쪽으로 불어온다
슬픔으로 구멍 뚫린 옆구리를 감싸 안으며 분다
임대아파트에서 나와 새벽을 꿰러 가는 이들 사이
보도블럭에 몸통 낀 들꽃 한 송이
벗어나는 법을 알 수 없다
얼마나 고독하고 깊은 시간을 가졌을 것인가
호사스럽지 않은 최초의 몸짓
몇 번의 천둥과 소나기가 다녀간 자리마다
어둠은 더 견고해졌다

그날은 해가 지지 않았다
일터에 나간 아버지를 중환자실에서 만났다
찬바람 지나간 겨울의 빈 둑처럼
잠깐 열렸다 닫히는 눈꺼풀
난 깡마른 손만 자꾸 만지작거렸다
옆구리 뚫린 들꽃이 가만히 흔들렸다
침묵마저 모두 돌아간 가난한 도시의 아스팔트
모든 것들은 제 무게만큼 그늘을 키운 채
그렇게 봄이 오고 있었다

입을 삼키다

남편과 마주앉아 저녁을 먹는다
다물어지지 않는 입으로 연신 들어가는 음식들
허기가 형광등 아래서 깜빡거렸다
남편은 아무 말이 없고
억지로 밀어 넣은 것들만 이를 드러내며 웃었다
말 좀 하면서 먹어요
남편의 얼굴에서 내 목소리가 튕겨 나왔다
난 더 이상 다른 말은 하지 않았다
아마 여러 번 그랬을 것이다
격에 맞지 않는 웃음을 지은 적이 있었을 것이다
내 말 한마디 밀어 넣기 위해
끝나지도 않은 상대방의 입을 막았을 것이다
한 말이 기억나지 않아 했던 말을 되풀이 했을 것이다
오죽하면 한마디 내뱉지 못하고
꾸역꾸역 삼키는 입이라니
허기진 봄바람이 접시를 핥고 갔다
남편은 아무 말이 없고
식탁엔 더 이상 입들이 자라지 않았다
다만 밀어 넣은 것들만 우두커니
앉아있을 뿐이다

하루

동이 채 뜨기도 전
눈꺼풀도 올리지 못한 아이가
빈속으로 출근한 자리
게걸스레 아침 먹는
남편의 뒤통수가 서럽다
살기위해서가 아니라
살아내기 위한 투쟁은
누구도 설명해 주지 않았던 비애
머리 질끈 묶고
밤새 쌓인 먼지를 털어낸다

성경 필사 한답시고
책상에 우두커니 붙어있거나
몇 개 되지도 않는
화분에게 말을 걸거나
가지런히 널린 빨래를 바라보며
혼자 행복해하거나
오지도 않는 카톡 열어보면서
집안 횡단하기를 수차례
짐짓 바라본 베란다
27층 허공에 세월이 떠간다

아버지의 지게

여름 한낮 땡볕 길을 아버지가 간다
고무신 가득 물소리 저벅이며
그림자도 따라 간다

하루도 쉬는 날 없던 아버지의 지게는 분가할 때 받은 논 한마지기에 얹혀왔다고 했다 사방에 흩어놓은 햇빛을 주워 담기라도 할 듯 항상 열려있던 젊은 아버지의 지게, 산 너머 새집으로 이삿짐을 모조리 날라놓고도 아무렇지 않던 지게는 논이 여덟 마지기로 늘어날 즈음부터 조금씩 야위어 갔다 궤도를 이탈하지 않는 아버지를 따라 다니느라 지게에선 항상 땀 냄새가 났다 진흙 속에 발을 담근 날이면 퉁퉁 부은 발가락 주무르는 소리가 한밤중에도 들렸다 찢어진 아버지 어깨위로 소금꽃이 피었다 아물지 않은 상처들이 논과 밭을 기어 다녔다 앙상한 바닥을 드러낸 등줄기도 점점 굳어갔다 애써 가두지 않고도 모으는 법을 알려주던 아버지의 지게, 헐거워진 구멍 사이로 드러난 관절들이 유난히 삐걱거렸다 아버지 누워 버린 후 아무렇게나 던져진 대문간에서 지게도 저 홀로 늙어갔다 혼자서는 아무 것도 아닌 날들

오늘 아버지가 간다
팔월의 땡볕 길을 백일홍 가득지고
아버지의 지게가 간다

3부

그녀는 여행 중

징검다리를 건너고 있었다
건너면 건널수록 멀어지는 행성들
꿈속에서 허우적거리다 그녀의 부음을 들었다

그리도 숱한 별 중 지구에 티끌 같은 점으로 와서
커튼 뒤에 움츠려있던 그녀가
세상과 내통했던 코드를 기어이 뽑아버리던 날

절망은 너무 두꺼워
저무는 해나 잠시 들렀다 갔을 뿐
그 누구도 그녀가 보내는 상형문자를 해독하진 못했다

얼마 전 양쪽 무릎을 수술하고 이제 막 걷기 시작했다는
그녀는 은하수를 무사히 건넜을까

조문객 서 너 명뿐인 장례식장
이미 놓쳐버린 길 위에서 그녀가 사진처럼 웃는다
팝콘마냥 벚꽃 터지는 밝은 한 때
저 혼자 멀고 아득한 곳으로 떠나는 점들처럼

가는쟁이

이상도 하지
바쁜 일상 잠시 내려놓으면
어김없이 파고드는 그리움 같은 게
메마른 시간들에 투시되어
말갛게 떠오르니

흙먼지 쌓인 날들의 연속
가난은 밤낮으로 열리고
부모님의 고달픈 하루가 지면
굵은 한숨이 긴 밤
고질병으로 도지던 곳

언 손 불며 솔방울 따고
고덕장 팔려가는 돼지 리어카 밀며
이다음에 커서 멋지게
탈출하겠노라 벼르던 곳

참 이상도 하지
그곳을 떠나 그럴듯한 도시로
여러 번 옮겨 살았는데

유년 시절 모조리 맡긴 그 곳
다시 돌아가고 싶으니

*가는쟁이 : 당진과 예산의 경계. 고향의 또 다른 지명

전장포에서

저녁햇살이 막 떨어지고 있었다
아리랑 시비가 붉게 젖어들고 있었다
비린내로 하루를 탕진한 배들이
스스로 들어와 묶이는 시간
조금씩 주저앉던 태양은
배들이 드나들던 길을 분화구로 만들었다
열을 식히느라 썰물도 멀리가지 못했다
우리는 일제히 카메라 셔터부터 눌러댔다
찰칵거리는 소리에 브이자가 마구 흔들렸다
첫 여행의 설렘처럼 설설 끓는 고요
노을이 뻘밭을 벌겋게 채워가고 있었다
저녁이 등 뒤에서 우릴 쳐다보고 있었다

생선구이 집

금은방 달라붙은 도로 맞은 편
종묘 담 끼고 돌면
동굴처럼 구멍만 내놓은 먹자골목이 나온다
고향도 모르는 출생의 비밀이
백년 넘도록 지워지는 곳

물비린내 흥건한 미닫이 창 너머
날렵한 손으로 생선을 뒤집는 남자
연기 수북한 알전구 끌어안고
석쇠 위 퍼런 섬광으로 몸통을 뚫는다

고장난 선풍기 매달린 낡은 벽지엔
말라죽는 순간까지 필사적으로 기어간 거미줄
액자에서 막 걸어나올 것 같은 여인은
벌써 취기가 돌았는지
활어보다 싱싱한 눈자위가 발그레하다

환풍구로 빠져나가지 못한 푸념이
와자하게 쌓이는 저녁
추녀 끝 메케한 소나기 머뭇거리다 간다

임진강 낙조

넓은 하늘 어디에도
자유는 없었다

귀순하지 못하고 끌려가는
저 붉은 몸뚱이

철조망 걸려 울다
휴전선 넘었다

영국사 은행나무

천태산 훌쩍 넘은 가을은 벌써
이곳을 빠져나간 뒤였다
영국사 마당 한쪽
외발로 서있는 은행나무 한그루
바람 찬 노숙에 늙은 가지들이
화석처럼 굳은 각질을 겹겹이 덮고 있다
비워도 열두 번은 더 비워냈을
뼈만 남은 노구는
어찌하여 또 한 번의 마지막을
저리도 노랗게 불사르고 있는지
자세히 보니 외발이 아니다
허공을 휘젓다 늘어뜨린 팔들이
땅속 부여잡은 채 중심을 맞추고 있다
자기 몸 떠받치느라 거꾸로 뿌리내린 심지들
나무는 움직이지도 않은 채
식구를 여럿 키우고 있었다
바람이 소리 지르며 가지속을 파고든다
머리칼 헝클어져도 마냥 좋던 어느 날
천년이 금방 지나갔다

대나무 숲에서

죽녹원 한가운데 서 보니 바람이 많다
영원을 약속한 갑골문자들이
여기저기 수두룩하다
아무나 닿지 못할 허공인 줄 모르고
사람들이 새겨놓은 바람 꾹꾹 삼키느라
댓잎은 고양이같이 울고 있었다
혹한에도 끄떡없던 몸통은
예리한 바람이 스칠 때마다
얼마나 깊은 몸서리를 쳐댔을 것인가
몇 번의 봄도 상처를 어루만지진 못했는지
여름 가고 가을이 지나도록
제 살로 박혀버린 흉터들
누군가의 흔적이 숲을 이루고 있었다
새순은 아무데서나 키를 높였지만
곧게만 자랐으리라는 생각은 좁혀져갔다
집요한 추궁에 돋았다 아물어 갔을
낙서금지라는 팻말이 무색한 숲길
나도 바람 한 점 묻었다
참새들 날아와 시든 햇빛 쪼아 먹고 있다

환절기

− 비염

시월하순인데 모기가 극성이다
열대식물을 차례로 밀어올린 바람이
대지를 날아오르는 아침
부산하게 떠났던 여행길에서 그와 딱 마주쳤다
어제의 실수를 껴안기라도 하듯
격하게 나를 붙잡는,
그와의 동거는 늘 위태로웠다
오래 비가 오지 않은 날처럼
온몸 여기저기서 열꽃이 피어났다
주체할 수 없는 신열에
가끔 창문을 열어두기도 하고
어느 땐 일주일치 알약을 한꺼번에
털어 넣기도 했다
재채기로 빠져나간 목구멍이 컹컹 짖는다
계절이 뱉어놓은 휴지 속으로
발각된 우리의 사랑도 고요히 말라간다
보내지도, 끌어안지도 못한 채

감자를 심으며

감자를 심어보고야 알았다
눈동자에 그리도
많은 눈들이 달려있다는 걸

한쪽 눈을 잘라내도
거뜬히 싹을 틔울 수 있다는 걸

어둡고 척박한 지하에서
슬그머니 다리 뻗는 흰 뿌리들

그래서 늦은 퇴근길 지하철 환승구엔
스마트폰에 한쪽을 내주고도
아무렇지 않은 눈들이 있었구나

앞이 안 보이는 인파에 섞이고도
저절로 움직이는 다리가 있었구나

해독하기 어려운 날

겨울비 내리는 날
나는 노인복지관 배식봉사 하러가네
참고 참다 들른 허리 전문병원
내 척추를 천천히 훑어보던 MRI가
혀 꼬인 진단명을 의사에게 전한 후로
나는 소심해져서 더욱 소심해져서
물소리 나는 운동화만 내려다보며 걷네

꼬리뼈를 타고 전해지는 통증이
혀 꼬인 진단명보다도 낯설고 애매하네
물 고인 행복센터 둔치엔
맹꽁이 밀어내고 앉은 하얀 억새꽃
그들이 내는 소리 진단명보다 어려워
나는 소심해져서 더욱 소심해져서
빗속을 가만가만 걸어가고 있네

고향 아저씨

장마 지기 전 다녀오자던 것이
차일피일 미루다 장마도 끝나간다
밤마다 울 엄마 꿈에
아버지가 자꾸 보인다고

살아생전 한 번도 남의 손
빌리지 않던 대쪽 같은 성품
산소를 점령한 풀들을
어찌 저리 보고만 계시는지

먹고 사느라 바쁜 자식들 대신
낫 들고 오르신 고향 아저씨
잡초보다 무심한 자식들 대신
곁에서 울 아버지 지키는 아저씨

평창일기

동네 한 바퀴 돌며 냉이를 캔다
얼었다 녹았다 하는 600고지 산자락은
아직 동면중이다
작은 집 한 채 덩그러니 있던 자리
작년에 얻은 꽃잔디로 어느새 제법 메워간다
정갈하게 심어놓은 것들
아낌없이 뽑아주는 어르신들 덕분이다
아무것도 모르고 시작한 텃밭 가꾸기
지난여름이 그토록 푸르른 것도
지나며 한 마디씩 얹어주신 어르신들 덕분이다
평창에 오면 덩달아 분주하다
거친 마음 가라앉히듯 돌밭도 일구다가
옆집 방울이 끌고 애꿎은 길모퉁이 휘젓다가
찬바람 피해 들어와 냉이 국 끓인다
엄마가 준 묵은 된장 풀어 이른 봄 맞는다
오늘은 온 동네가 냉이 국을 먹는다

쇠롱골에 내리는 눈

두고 온 쇠롱골에 눈이 내리겠다
말년에 정신 놓은 정서방댁 지붕에도
늦도록 시집 못간 끝례네 마당에도

가난한 쌀독 이고
끼니마다 꾸러 다니던 개똥어멈
하얀 쌀밥 실컷 먹으라고

고향자락 나란히 베고 누운
아버지와 큰아버지
따뜻한 이불 덮고 낮잠 자라고

그곳 떠난 내 그림자 길어질 때마다
남몰래 열어보는 고향 산천
꼭꼭 밟으며 함박눈 쌓이겠다

적벽강의 몽돌

얼마나 많은 날들을 굴러야
저토록 둥근 이야기를 쏟아낼 수 있을까
얼마나 많은 날들을 아파해야
저토록 깊은 절망을 베어낼 수 있을까

적갈색 해안절벽 아래로
세상의 호들갑 똘똘 뭉쳐놓고
반질반질한 시간 어루만지는 저 난민들

지느러미가 없어
푸른 바다로 돌아가지 못한 채
모난 제 살 깎느라 핏물이 들었을 몸들

파도는 드러난 뼈마디를 덮으며
괜찮다 괜찮다고

내가 작은 일에 분개했을 때처럼
너의 생애가 상처 속 숨죽였을 때처럼

버려진 우산

요양원 앞 버스정류장에
찢어진 우산하나 서 있다

총기 하나는 타고 났다던
밤골댁 덕례 어멈
남편 보내고 치매 걸려 누웠다
육남매 집 전전하다
큰아들 손에 이끌려온 곳
가느다란 정신줄 잡힐 때마다
날 버리지 말라고
그의 무릎에 머리 파묻으며
화살처럼 쏘아대던 말

뒤통수가 뜨겁다
그늘을 접고 혼자 말라가는 우산
눈뜨지 말아요, 그대

제주, 올레길 걷다

물질나간 해녀가 비운 초가집 텃밭에
유채꽃 홀로 만발이다
간밤 휩쓸고 간 푸른 바다일까
연녹색 마늘잎을 한 뼘이나 키웠다

구불구불 돌아 넘는 오름마다
동면에서 깨어난 봄 스스로 부푸는데
동백은 벌써 목을 꺾고 있다

하루에도 수십, 수백 번
아니 그보다 훨씬 더
자기 몸 부딪혀 수도하는 파도를 보노라면

이깟 몇 킬로 배낭쯤 아무것도 아니라고
발바닥 물집 두어 개도 견딜만하다고
들뜬 상춘객 웃음소리가 하늘로 오른다

눈이 저항 한번 못하고 초록에 끌려다닌다
발자국은 단단히 몸을 세운다
길이 점점 멀어지고 있다

황태 덕장
– 원통면 용대리에서

저문 주막에 등불 걸리듯
하늘 향해 아가리 벌린 우주
외로움이 무섭다는 걸 알았을 때
난 문득 고향이 그리워졌다
바다에서 출렁일 때만 해도
작은 슬픔 따위에 곧잘 무너지던 일들
고립된 세상 끄덩이 잡힌 전리품은
매일 죽었다 살아나곤 했다
해풍이 풍기는 냄새를 들키지 않으려고
더 단단해지는 껍질속의 껍질
이젠 바다에 나가
위태롭게 출렁댈 일은 없다
아가미 꿰어 매달린 채
두 눈 감고 어둔 적막에 든 저것들
자신의 언 심장을 부여안고
산 채로 잠들어 있는 것들

키 작은 소나무

잠 설친 새벽
케이블카에 매달려 오른
권금성 바위 틈
홀로 지난겨울 버틴 알몸을
보고야 말았네
속세를 등지고 산 세월도
그리 녹록치 않았는지
찬 서리 떠는 정상엔
철저히 버려진 고독뿐이었네
돌아올 푸른 날 기다림으로
모진 바람 견디는데
뭉텅뭉텅 잘린 꿈들이
뒹굴다 곤두박질하는 벼랑길
계절은 새살이 돋기도 전
절벽을 오르고
쉽게 보여줄 수 없다는 듯
안개가 눈을 가리네

임자도 그 바다

금방 잊혀 질 거라 생각 했네
그 흔한 파도처럼
쉬이 부서지고 떠나가고

어느 날 문득
일상으로부터 혼자이고 싶을 때
나를 엿볼 수 있는 통로

가득 담지 못해 두고 온 맘 한쪽
바람에 스치고 지나가듯
산등성이 하얗게 낮달로 뜨네

사각형에 대하여

서울역 KTX 타는 곳 14번 출구 옆
물품보관함 문짝이 액자모양이다
네모반듯한 모서리가 견고하게 절단된 벽들이
고이고 맞춰 쌓아올린 저 침묵의 액자들
그들은 서로의 어깨를 맞추느라
간밤에도 잠을 설쳤을 것이다
액자는 그림을 뒤로 숨기고 있다
사각 틀 안에 꼭꼭 채워진 그림을 숨기느라
벽은 온 종일 꼼짝도 하지 못한다
잠시 숨어있다는 건
다리도 뻗지 못한 채 웅크려 있는 일
저 액자 속에도
집을 나와 떠돌던 몸뚱이들이
이 밤 이불처럼 포개져 있을까
액자의 가장자리는 많이 들여다볼수록 얇아진다
하루에도 몇 번씩
누군가의 지문위에 덧칠해진 무수한 풍경들이
이면 속으로 사라졌다 나타난다
깊이를 알 수 없는 저 구멍의 배후
어둠과 고요에 눌린 사각모양의 탁본

4부

그 여자 마네킹

늘어진 두 어깨가 어둠을 끌고 간다
구부러지지 않는 무릎이 보도블럭에 걸린다
끝나고 돌아갈 때는 다 버린 것이 아니어서
그녀의 아가미에선 가끔 비린내가 났다
비좁은 시장골목 돌아 핏물 흥건한 좌판 한쪽
유행도 신상품도 알지 못하는 여자
온종일 비닐 앞치마 입고 생선을 자른다
살과 뼈를 분리하는 일은
칼을 최대한 가볍게 찔러 넣는 것
등뼈의 예리한 각도를 증명하느라
그녀의 허리는 점점 딱딱해졌다
하루를 더 살아야 하는 여자와
죽어서도 터무니없이 찢겨져야 하는 생선들
버려진 눈동자에선 매일 멍들이 자라났다
그런 날은 그녀 눈가에도 퍼런색 화장이 짙었다
그녀 손아귀에 잘린 목덜미들도
싱싱한 지느러미를 달고 헤엄친 날이 있었을까
그녀의 패션엔 추종자가 없다
도마와 고무장갑이 유일한 컨셉인 여자
고개도 꺾지 못한 채 가끔 웃는 그 여자

서다 날다

아파트 분리수거 날이다
재활용 자루들이 나란한 한쪽 구석에
끌려나온 침대 매트리스, 우두커니 서있다
아직 숙면 중이었을까
남의 어깨에 몸을 기대고도 똑바로 서 있지 못한다
어둠에 새겨진 굴곡과 윤곽은 보이지 않는다
오랜 시간 누군가의 척추를 받치느라
정작 자신의 등뼈는 돌보지 못한,
늘 바닥에 깔려있던 몸이다
등을 맞대고 있어
가까이 있으면서도 보지 못했던 얼굴이다
그들은 서로 등의 상처를 덮어주는 사이라서
그렇게 뼈를 맞추거나 응혈을 풀어주기도 했을 것이다
등과 등을 맞대고 살아온 날들은
등을 대고 누웠던 이의 무게만큼 조금씩
휘어갔을 것이다
오후 내내 서 있던 매트리스,
요란한 소리를 내며 등장한 수거차 집게에 들려
하늘을 난다

눌렸던 허리를 펴고 가장 높은 곳으로 날아오른다
막다른 골목에서 만난 가벼움
그 가벼움으로 인해 치닫는 드높음이다
누군가의 등을 지고 마지막으로 일어서는 노구다
죽어서야 비로소 하늘을 나는 등이다

불면증

중간고사 기말고사도 모두 끝난
칠월하고도 하순의 방학 중간 쯤
좀처럼 정리되지 않는
졸업논문의 결론처럼
이 밤도 자정을 맴돌고 있네

바쁠 땐 보이지 않던 생각의 바람결
몸 밖으로 빠져 나가지 못하고
완강히 버티는 칠흑의 공간
이리 저리 뒤척거리다
숨소리만 벽에 못질하고 있네

아침에 나갔던 윗집 아가씨
내 생각 잘라내는 현관문 소리
자다 깬 아래층 반려견이
영문도 모르고 짖어대는 밤
베개 밑 오르던 꿈길 저 멀리가네

사돈 어르신

장례식장에 갔다
아무도 울지 않았다
퇴근을 서두르다 경모공원 앞에서
일손 놓은 사돈 어르신
평생 농사 지으며 아파트 경비를 했다
죽는 날까지 일만 했다고
사람들은 혀를 찼다

삼우제 마치고 왔다
모두 울었다
언제 적어놓은 걸까
거실 벽 한쪽 큼지막하게 써 놓은
자식들 전화번호

주인 잃은 경운기 붙잡고 아들이 목을 놓았다
새로 지은 집에서 살아보지도 못했다며
동네 사람들도 울었다

순자네는 끼니마다 밥을 나르고
종선네는 매일 한 나절씩 앉았다 갔다
겨울이 가고 있었다

모래시계

집 앞 사우나엔 모래시계가 산다
일 년 365일 비가 내리는
사계절 여름뿐인 습지
뱃살 늘어진 알몸 겹겹이 들어앉아
돌아가며 물구나무 세운다
수증기보다도 작은 모래알갱이들
온대성 난기류에 휩쓸린 항로처럼
뒤집어지고 또 뒤집어 지고
사람들은 바삐 온탕 냉탕을 오가지만
그의 미래는 보이지 않는다
거꾸로 수장된 시간은
어느 출구로 빠져나가야 할까
사막과 빙하를 번갈아 들락거리는
홍건한 틈바구니 속
튀밥처럼 튕겨져 나갈 날
빌고 빌 뿐이다

소원 들어주기

객지에 나와 자취하던 여고시절
한번만 아파봤으면 좋겠다는
생각을 한 적이 있다

철부지 딸을 밖에 내놓고도
농사일에 치어 들여다보지 못하는 부모님을
놀라게 하고 싶었고
매일 짠 내 나는 무장아찌 무쳐
학교 가지고 가는 것도 싫었다

딱 한번만 새하얀 침대에 누워
걱정 어린 눈빛으로 날 찾아온 이들에게
어리광 부리고 싶었는데

하느님은 이제야 내 소원이 기억나신 걸까
잠깐씩 하는 봉사활동에도
물리치료실을 전전하는 요즘
허리통증은 수차례 입원에도 차도가 없다
그래도 소원 들어주었으니
고맙다고 해야 하나

나누는 일

한 사람을 알게 된다는 건
그의 개인사를 나눠 갖는 일이다

아무리 아닌 척 해도
내 눈길을 그의 담장으로 몰아넣는 일이다

함께 들른 식당에서 그가 좋아하는 김치찌개를
주저 없이 주문하는 일이다

돌부리에 차여 발가락에 멍이 들었다는 문자를 보고
내 발등 지그시 내려다보는 일이다

그의 담벼락에 붙어있던 날지도 못하는 꽃씨들
기억해 내는 일이다

매일 똑같은 나의 톱니바퀴에 그를
끼워 넣는 일이다

도꼬마리

뾰족한 손은 아니었을까
나도 누군가의 바짓가랑이에 달라붙은

온종일 험한 덤불속 헤매다
납작 엎드려 절벽 기어가는 사이
무임승차하듯
바짓가랑이 움켜진 억센 가시 손 하나
아무리 흔들어도 떨어지지 않는다

이생의 한을 물고 다른 생 건너는
아직 젊은 지아비 꽃상여에 엎드러진 몸같이
늦도록 아파트 베란다 붙잡고 있는
허공보다 가벼운 단풍잎같이
마른 담벼락 수직으로 상승하는 담쟁이같이

수레 끄는 노인

녹슨 바퀴에 달을 달고 저녁을 건너는 사내
허리가 낫처럼 휘었다
저렇게 제 몸을 구부려야 어둠을
가둘 수 있는 걸까
퉁퉁 부은 하루가 척 올라앉은 어깨 뒤로
흔들리며 따라가는 종이 탑
폐지로 켜켜이 쌓아올린 사내의 일당이다

몇몇 사람들이 아파트로 빠져나간 골목은
한꺼번에 모든걸 보여주지 않는다
공터 하나쯤 가지고 있어
숨어들기 좋은 습성이 이해되는 저녁
어둠은 죽은 대추나무 흔드느라 말이 없고
어둠을 감추려고 이따금씩 가로등이 불을 밝힌다

골목은 질서가 없다
사거리의 신호등처럼 가고 서다를
반복하지 않아도 된다
사내의 숨소리가 점점 거칠어진다

양철지붕 낮게 쌓인 금 간 담벼락
두 손으로 더듬으며 꺾어질 듯 흔들리는 그림자
달빛이 발목을 물고 있다

이름 새기기

베란다 한쪽 구석 빨래 건조대가 무겁다
부쩍 잦아진 행사장 기웃거릴 때마다 언제부턴가
무심코 받아든 형형색색의 이름들

더러는 기억도 희미해져 얼굴조차 잊었지만
낡은 수건은 그 이름을 쉬이 놓지 못한다
얼마나 촘촘히 깁고 박음질했으면
수건이 저토록 퇴색되어도 지워지지 않을까

내 집에 들어와 한 번도 문밖을 나가본 적 없는 사람들
약속이라도 한 것처럼
매일 같은 공간에서 나와 함께 숨 쉬는 사람들
가끔 내 알몸을 닦을 때면
오래된 사람들처럼 익숙해져
내가 끊임없이 그들을 찾고 있다는 걸 알게 된다

사는 일이 짐 부려 놓듯 가볍지만은 않을 때
자꾸 휘청거리는 내 시간을 감당할 수 없을 때
저들의 이름을 가만히 불러보리라

아침햇살에 이름이 반짝거린다
나도 누군가의 가슴에 촘촘히 박음질되어 저렇게
반짝거릴 날 있을까

옥상은 외롭다

비를 앞서 달리던 바람
옥상 환풍기에 옷자락이 끼었나보다
백 미터를 전속력으로 달린 아이처럼
거칠게 내뱉는 호흡

이 밤엔 불면증을 탓하지 않기로 한다
DMB도 켜지 않을 것이다
온종일 햇빛에 싫증 나 있을 공간
건물의 꼭대기이며 지붕이란 이름을 가진,
하늘과 땅의 경계를
그 쭈그려 앉은 외로움을
얌전히 누워 들어주기로 한다

층간소음으로 이어진 삿대질
기어이 위로 위로 오르다
치켜떠진 눈들이 모여 살게 된 옥상은
그래서 슬프고 외롭다

키높이 구두

내 손아귀에
발목 잡힌 사람 여럿 있지
하지만 처음부터 족쇄는 아니었어
비상을 위한 날갯짓에
절규하는 사람들
그 엇갈린 시선이 부담스러웠을 뿐

알고 있을까
어두운 터널 속 긴 침묵은
억지로 버틴 5센티의 자존심인 걸
발끝을 찌르는 고통에도
모른 척 지나칠 수 있는
그저 눈높이가 다른 사랑이었음을

거미집

늦은 밤 골목 끝
녹슨 안내전광판 옆으로
완벽하게 재단된 투명한 집 한 채
행선지 가득 적힌 노선표 움켜쥐고 있다

한 때는 씨줄날줄 은빛이었으나
모조리 말라버린 모세혈관이 검은 머리칼처럼
푸석해진 집
해지면 마음도 어둑해져
가끔 말소리마저 분절되는 골목의 끝 집

지난여름 태풍은 어떻게 견뎌냈을까
바람이 검문도 없이 뚫어놓은 수백 개의 구멍
희미한 가로등에도 상처가 깊다

한 번도 궤도를 벗어난 적 없는 거미의 일상
저 여린 구멍은 블랙홀의 아가리다
팽팽한 긴장을 숨기고 있는 순간이다

어둠이 주렁주렁 달라붙은
마을버스 정류장에 거미집 하나
둘둘 말린 나뭇잎만 포로로 잡혀있다

낮은 데로 임 하소서

금촌 오일장 서는 날
북적거리는 인파를 따라가다 보면
익숙하게 들리는 찬송가 소리
고무자루 속으로 두 다리 숨긴 남자가
바닥을 기어간다

소소한 생활용품 밀고 당기며
하이힐과 구둣발에 파이고 찍힌 세상
온몸으로 어루만진다

최대한 낮게 엎드려
늘어날 대로 늘어난 한낮의 곡조처럼
하루를 건너는 남자
직립보행은 어느 간이역에서나 가능할까

곱지 못한 시선들이 바퀴를
아슬아슬하게 피해간다
제 품에 한번 품어보지 못한 사람들
멀뚱히 내려다보며 걷는다

저렇게 낮은 곳에서 올려다보면
리모컨 따라 움직이는 재생 버튼처럼
흙먼지로 더럽혀진 고무자루 속 다리도
조금씩 완성되는 건 아닐까

엎드린 등뼈 위로
꾹꾹 눌러앉은 태양이 따라가고 있다

괘종시계

고물상에 괘종시계 하나 버려져 있다
매일 만들던 시간 뚝, 자른 채
고철과 플라스틱 사이에서 먼지를 덮고 있다
저 무덤자리는 산자와 죽은 자의 경계일까
현실이 몇 개로 분해된 후부터
우주의 저편과 이편은 어긋나기 시작했을 것이다
서로의 수신과 답신이, 이륙과 착륙이
덩달아 깜빡거렸을 것이다
손목시계에 밀리고 스마트폰에 밀려
거리로 나앉은 시계
지금은 시간을 잃어버린 말들만 고요히 쌓여간다
고물상의 초침과 분침은 멈춰있다
시계는 시간이 없고 숫자만 살아있다
이곳 서식지는 기억할만한 것들을 기다리는 곳
기다리면서 결코 지루해하지 않는 곳
혼돈으로 어두워진 우주 저편에도
복제된 시간들은 살아 있을까
고물상은 서두르는 법이 없다
아귀가 맞지 않아도 억지로 밀어 넣지 않는다
시간은 슬금슬금 제 몸을 기어오르는데
죽어서도 하루씩 더 죽어가는 저 시계

빵 권사님

실버 합창단에서 노래 부르며
빵 봉사를 많이 하셨다는 권사님
제 집 두고 일산병원 1703호에
이부자리 깔았다

잔인한 바람이 쥐어뜯다 간 기억은
세월의 지층을 뚫지 못했는지
둘러선 방문객들도 알아보지 못한다

반나절이 지나도록
알 듯 모를 듯 입술만 달싹일 뿐
망각은 기어이 돌아오지 않고
창 넘어 먼발치 봄날만 푸른데

어디쯤일까
잃어버린 기억 걸려있는 곳은

구두수선 집

금촌역 앞 사거리
컨테이너가 그의 집이다

팔월 한낮 가로수도 비껴간 인큐베이터
파란색과 흰색이 뒤섞인 그의 천정은
살아서 들어앉은 무덤 같다
기둥은 보이지 않고 푸르죽죽한 벽이
견고하게 둘러쳐진 집

그의 창문은 여간 닫히지 않는다
한 사내의 출근과 사회생활과
하루의 끼니가 좁은 창으로
매일 새어 나온다

겁 없이 뛰어든 세상에서
밑창 닳고 뒤축나간 자들이
부동으로 앉아있는 곳
서로의 신분도 행선지도 묻지 않는다

사내는 대낮에도 불을 켜고 앉아
칼끝에 온 힘을 모은다
나무옹이처럼 웅크린 채
굽은 무릎으로 중심을 맞춘다
투박하게 갈라진 손 끝 지날 때마다
말끔히 봉합되는 상처들

종일 교차하는 신호음에 귀마저 닫히는 집
금이빨 삽니다
내걸린 문패명이 특이한 집

전봇대

아파트 옆 공원 내리막길
선채로 잠이 깬 전봇대 하나
며칠 전 붙인 전셋집이 해결되었는지
이번엔 집나간 강아지 찾으러 왔다
술 취한 이들이 오줌 갈긴 원통형 아랫도리
밤새 쌓인 쓰레기위로
무참히 뜯겨지는 무담보 신용대출
손톱 밑 검은 때 핀 아르바이트생
핑크로 염색한 애견 한 마리
기우뚱 붙이고 간다
마치 오래된 꿈과 같아
내 이름 적어둔 문패 기억하지 못하고
전깃줄처럼 늘어진 인연 사이로
방금 뗀 청테이프 바람에 구른다
붙이는 자와 떼어내는 자 사이의
엮이고 싶지 않은 싸움
차갑게 풀칠하고 봉인 한 채
모르는 척, 멀어져가는 팽창한 도시

소리의 균열

퇴근인파 북적대는 지하철 안
소리 잃어버린 남자가 끼니를 구걸하고 있다
저는 일찍 부모님을 여의고… 로 시작되는
삐뚤빼뚤 눌러쓴 소리
몇 바퀴 돌았는지 목이 쉬었다
이 칸에서 저 칸으로 옮겨 다니는 동안
말투는 점점 어눌해졌을 것이다
꼿꼿하던 목소리가 공복으로
여위어 갔을 것이다
미끄덩거리는 혀가 승객들 무릎위로 건너간다
지하의 잡혔다 끊겼다하는 파동처럼
차갑게 빠져나가는 시선들
남자는 주섬주섬 목소리를 거두어
서울 역 지하계단에서 다리 절던 비둘기처럼
다음 칸으로 간다
알아듣지 못하고 잘린 귀들이 흩어지는 밤
투박한 외침 사라진 문 틈 사이로
지친어둠 매달려간다

앞과 뒤

화장을 하며 생각 했습니다
넓어진 땀구멍 메우고 잔주름 감추고
칙칙한 피부 투명하게 칠하면서
조금씩 변해가는 얼굴 보며 생각 했습니다

앞만 보고 걷느라
한 번도 보지 못한,
남들에게 더 익숙한 배후가
문득 궁금했습니다
말끔히 정리된 이면
후미진 골목길처럼 감추어진 내 뒤통수는
어떤 모습일까 하고

헝클어진 머리칼 너머
못마땅한 이들이 던진 삿대질에
수없이 붙었다 떨어지길 반복했을 소문들

가장 밝은 곳은 가장 어두운 곳의 뒤쪽
가까우면서도 서로를 볼 수 없는 거리
내 얼굴의 양면입니다

후기

　떨리는 마음으로 첫 번째 시집을 세상에 내 놓은 지 8년이 되어간다. 나의 게으름도 한몫이었겠지만 자신 없어지는 시를 이름 붙여 내 놓는 일이란 점점 용기를 요구하는 것이었다. 사실 첫 번째 시집은 가까운 시인의 권유로 느닷없이 내놓게 되었는데 지금 생각해 보면 그런 느닷없음이 그나마 내 시집의 출발이 되었음을 다행으로 여기는 중이다. 요즘 들어 부쩍 세월이 빠름을 실감한다. 내 곁에 오래 머물러 줄 것 같던 이들이 하나 둘씩 하늘로 오르는 이유다. 지금 우리가 세대교체의 시간을 살고 있는 거라고 지인이 귀띔해주지 않았다면 아마 두 번째 느닷없음도 조금은 더 미루어졌을지 모른다.

첫 번째 시집을 낸 후 많은 일이 있었다. 나의 꿈이던 대학원 졸업과 한 번의 이사와 남편의 이른 퇴직, 그리고 아이의 결혼과 평창에 조그만 세컨 하우스를 마련하기까지 나의 일과는 쉬지 않고 지나갔다. 그 일들을 차례로 겪고 보내면서도 시간이 어제처럼 가깝게 느껴지는 건 틈틈이 메모할 수 있는 언어를 곁에 두고 살았음이라 생각한다. 그건 자의적일수도 있겠지만 그렇게 할 수 있는 상황과 여건이 뒷받침되었기에 가능한 일이었을 것이다.

묶다보니 미흡한 게 한두 가지가 아니다. 몇 번을 들여다봐도 완성되지 못하는 시들은 한곳에 밀어놓고 그 중 마음에 닿는 것 몇 개 골라 편의상 4부로 나누어 보았다. 그렇다고 뚜렷한 경계가 있는 건 아니어서 무궁무진한 시의 세계나 특별한 소재를 찾는 것에 대한 노력은 앞으로의 과제로 남겨두기로 한다.

계절과 가족과 소소한 여행일기, 그리고 그 외 나의 눈에 들어왔던 이들의 따뜻하고도 아픈 흔적을 그려 넣었다. 우리가 쉽게 만나는 사람들, 때론 스친 것조차 기억나지 않는 이웃들에 대해, 진저리나도록 아름다웠던 나의 봄날에 대해, 부인하고 싶었지만 그러면 그럴수록 더 깊이 뿌리내린 아버지의 가난에 대해 말하고 싶었던 것 같다. 그러면서 여전히 벗어나지 못한 채 살고 있는 현실 속, 내가 웃고 있는 동안 너무도 빠르게 지나가버리는 무심함에 대해서도…

시골에서 자란 나는 흙에 대한 기억과 고향의 향수를 벗어날 수가 없다. 시의 깊이는 배제하고서라도 내가 보여주고 싶었던 것들, 앞으로 얼마동안은 더 시를 쓰면서 살아야하는 날들의 일

부라도 읽는 이들에게 포근히 가 닿기를 바라는 마음이다.

　부족한 글이 독자의 상상력으로 날개를 달 수 있다면 더없는 영광이겠다. 매끄럽지 못한 글을 예쁜 책으로 만들어 주신 청어 이영철 대표님과 관계자들께 고마움을 전하며 난 오늘도 간절하게 독자들의 너그러움과 사랑을 구할 뿐이다.

2019년 봄 햇살 가득한 날

운정에서 유영희

내가 웃는 동안

유영희 지음

발 행 처 · 도서출판 청어
발 행 인 · 이영철
영   업 · 이동호
홍   보 · 이용희
기   획 · 천성래
편   집 · 방세화
디 자 인 · 이해니 | 이수빈
제작이사 · 공병한
인   쇄 · 두리터

등   록 · 1999년 5월 3일
(제1999-00063호)

1판 1쇄 인쇄 · 2019년 5월 10일
1판 1쇄 발행 · 2019년 5월 20일

주소 · 서울특별시 서초구 남부순환로 364길 8-15 동일빌딩 2층
대표전화 · 02-586-0477
팩시밀리 · 0303-0942-0478

홈페이지 · www.chungeobook.com
E-mail · ppi20@hanmail.net
ISBN · 979-11-5860-645-9(03810)

이 도서의 국립중앙도서관 출판시도서목록(CIP)은 서지정보유통지원시스템 홈페이지
(http://seoji.nl.go.kr)와 국가자료공동목록시스템(http://www.nl.go.kr/kolisnet)
에서 이용하실 수 있습니다.(CIP제어번호: CIP2019017618)